字里行间

王咏 著

中国书籍出版社
China Book Press

图书在版编目(CIP)数据

字里行间 / 王咏著. -- 北京：中国书籍出版社，2022.5

ISBN 978-7-5068-9022-9

Ⅰ.①字… Ⅱ.①王… Ⅲ.①诗集–中国–当代 Ⅳ.①I227

中国版本图书馆 CIP 数据核字(2022)第 081031 号

字里行间

王咏 著

责任编辑	成晓春
装帧设计	书香力扬
责任印制	孙马飞　马　芝
出版发行	中国书籍出版社
地　　址	北京市丰台区三路居路 97 号(邮编：100073)
电　　话	(010)52257143(总编室)　(010)52257140(发行部)
电子邮箱	eo@chinabp.com.cn
经　　销	全国新华书店
印　　刷	成都兴怡包装装潢有限公司
开　　本	880 毫米×1230 毫米　1/32
字　　数	155 千字
印　　张	8
版　　次	2022 年 5 月第 1 版
印　　次	2022 年 5 月第 1 次印刷
书　　号	ISBN 978-7-5068-9022-9
定　　价	48.00 元

版权所有　翻印必究

王咏，现供职于骆驼祥子博物馆。迄今已出版、发表各类体裁的文学作品200余万字，代表作品有长篇小说《夕阳无语》《潇潇暮雨》、小小说集《发光的女儿》、散文集《喊错名字的爱》、诗集《咏叹》等。部分作品获国家、省级奖项，有作品入选各种年度选本。

自序：沉默，是分行的呼吸

从第一本诗集《咏叹》，到这一本《字里行间》，中间隔了整整两年。两年的时光，我又在手机里存下了几百段关于琐碎生活的分行。

写几行，已然成为每天的习惯。人到中年，是一个既有经历又有感触的时期，而生活从未一成不变过，自然而然给予我们太多可以成诗的琐碎，使人敏感和回味。

从一座小城，到一座大城；从熟悉的慢慢变陌生，陌生的慢慢变熟悉；从成长到成熟到苍老……所有的过程中，得失之间都是故事，自然也都可以入诗。如果说，两年前的《咏叹》写的多是情绪，那么在《字里行间》里，我开始更多去诠释生活百态，凡俗，温度以及深刻。

《字里行间》总共收录了二百余首作品。有源于自身的感受。像"直到大一开学那天，他拖着行李箱下楼/我跟在他身后，突然失语//像二十五年前那个午后/站在车窗外跟我挥别的母亲，一样"；"月饼上的缺口/在心底一寸寸坍塌/一轮模糊的影子，从废墟升起/渐渐，圆成头顶的月亮"；"喜欢看你从菜市口，提着/生活的百味，向我走来/那个行走的画面，被初冬的暮色/无限放大，在我的眼底/灰白成天长地久/纵然岁月惯性向前，我都等在/无风无雨的屋檐下/永远孩子般，被你牵着手，一起回家"。

有源自身边人的悲欢。像"女人反复念叨着，她的乳名/她在心里喊了一声，妈妈/那个女人是阿兹海默症患者/她是世上唯一一粒/医不好那个女人/却又永不会失效的缓释片"；"烟火味弥漫的厨房，此刻静得/像冷下来的一碗白粥//租来的房子到期了/他将一切打好了包/却不知道，哪些可以完整地带走/哪些，早随如水的月色，留在了最初"；"他的视网膜上，有一小块阴影，椭圆形/右肺叶上，也有一小块阴影，毛刺状//每天，他都丈量着/矿井深处的黑暗到地面的阳光/却从没计算过，身体里/这两小块阴影，离死亡还有多远//快三年了，他一直潜伏在阴影里/画着一座座高山，一朵朵白云/让正读大学的儿子，仰首/就能看到山峦之外的山峦/云朵之上的云朵"。

有源自听来的故事。像"明天要搬去养老院了/他已收拾好所有的东西—一札旧信，一支派克钢笔，一个紫砂杯，还有/一条艳丽的丝巾/天亮后，他摘下她的照片/把她曾微笑注视自己的日日夜夜，都装进/行李箱。最后，抚摸着墙上的钉子眼/他遗憾地说/对不起，只有它，陪了你这么多年/我却带不走了"；"站在高高的脚手架上/汗水，从安全帽下/吧嗒吧嗒地滴落/穿过无风的空气，穿过轻飘飘的影子/穿过异乡孤单的七月//停下手里的活，他恍惚了半分钟//头顶明晃晃的太阳，像乡下正长身体的娃/一声不响，便把他的汗水/吸干了"；"她喜欢，陌生的男人喊她，小秋/她买过数不清的假发/只有一顶，齐耳，黑色/已经五年了/每到过年，都随箱底那件水蓝色羽绒服/陪她，回老家"。

还有，源自对生活或深或浅的感悟。像"荒野里残留着无数截根/矮树，青草，无名花，以及/我们的姓氏/它们总是一茬接一茬地，把生命力/拱出厚厚的泥土/又一世接一世地，把干巴巴的种子/深深掩埋起来//风掠过，它们就俯下/时光掠过，它们就倒下//有一天，我看见一朵蒲公英/飘落在一座墓碑前/像清明节时，看到/邻居家的二哥，长跪在那里"；"儿子三岁时涂鸦的几朵小花/还在墙上歪歪扭扭地开着/旁边挂着一件老旧蓑衣//像父亲守着他的田野"；"与它对视，我的眼里有河流//屏住呼吸，努力像它一样/安静，放弃挣扎/奔涌的浪花里/故乡，如钩"。

一直想用最简洁的文字，表达最朴素的情感。所以，《字里行间》中的作品全部较短小。我愿意读到它的朋友，可以稀释出更多自己想要的滋味。

最后，还是不能免俗地感谢陪我风雨前行，并一路敦促我成长的各位师友。这是我递交的一份作业，但面对面时，请允许我"失语"。

王　咏

2021年春，青岛

目录
CONTENTS

根 / 001

失　语 / 002

他的遗憾 / 003

阴　影 / 004

哥　哥 / 005

稻草人 / 006

暖调儿 / 007

鱼 / 008

三行诗之外 / 009

从　前 / 010

厨房里的故事 / 011

互为深渊 / 012

正午时光 / 013

日　记 / 014

他的汗水 / 016

蒲公英 / 017

天　真 / 018

我们和春天有个约定 / 019

杀羊者 / 020

春夜十一行 / 021

眼睛里的深海 / 022

我们的余生 / 023

两封信 / 024

素　颜 / 025

一个与麦田无关的故事 / 026

久病成医 / 027

外　卖 / 028

剥洋葱 / 030

落满尘埃的旧衣 / 031

惊　蛰 / 032

剃　须 / 033

镜子与墙 / 034

两张启事 / 035

时光行 / 036

最冷的日子，已过去 / 037

白　露 / 039

最好的广告 / 040

单　行　/ 041

春　分　/ 042

扫　/ 043

画　/ 044

雪地上　/ 045

短　诗　/ 046

四　月　/ 047

形容词　/ 048

隔夜茶　/ 049

雨水，想到的　/ 050

一样的快乐　/ 051

打　磨　/ 052

一碗全麦面条　/ 053

春风，像极了一个女子　/ 054

情　话　/ 055

姜山湿地的芦花　/ 056

对　峙　/ 059

句　尾　/ 060

雪和梅　/ 061

如约而至　/ 062

他们的二十年　/ 063

也　/ 064

讨价还价　/ 065

三　月　/ 066

想起一个人　/ 067

春　日　/　068

影　子　/　069

疼的权利　/　070

像松针　/　071

结　局　/　072

在那里　/　073

抽烟的女人　/　074

爱　情　/　075

樱花树下　/　076

一片天　/　077

种　牙　/　078

醉　/　079

早　餐　/　080

真　实　/　081

守　/　082

烟灰缸里的烟火　/　083

丈量等待　/　084

挽　留　/　085

小城暮色　/　086

标点符号　/　087

她　/　088

归　/　089

枕边散落的诗　/　090

七　月　/　091

一条小巷　/　092

余　生　/　093

影　/　094

阿　贞　/　095

一句台词　/　096

物是人非　/　097

浣　衣　/　098

婚　姻　/　099

写给夜的情诗　/　100

清汤面里的岁月　/　101

冬日重逢　/　102

在母亲的等待里躲闪　/　103

原地不动的都是童话　/　104

等　/　105

一个比喻　/　106

皱　/　107

芝麻烧饼　/　108

午夜十二点像是一扇门　/　109

白　发　/　110

热早餐　/　111

暖　/　112

无中生有　/　113

月饼与月亮　/　114

端　午　/　115

道　歉　/　116

锁　/　117

他的夜 / 118

母　亲 / 119

月亮和童话 / 120

乡　愁 / 121

后　续 / 122

石　头 / 123

回　忆 / 124

得　失 / 125

酒后吐真言 / 126

道　别 / 127

大学路的诗 / 128

母亲与我的话题 / 129

反季节 / 131

留　白 / 132

十月的白桦林 / 133

安全帽下 / 134

补　丁 / 135

病　历 / 136

熬　药 / 137

查无此人 / 138

最后的晚餐 / 139

单曲循环 / 140

光　阴 / 141

旧　戏 / 142

二月的等待（外六首） / 143

生命的反刍 / 149

伤 / 150

清　明 / 151

后　来 / 152

两枚鹅卵石 / 153

租房记 / 154

回家过年 / 155

止痛的速效胶囊 / 156

收　获 / 157

问　路 / 158

忘　记 / 159

像个故事，娓娓道来 / 160

无法入诗的…… / 161

七月的某一天 / 162

雪 / 163

局外人 / 164

老　年 / 165

附加值 / 166

粗布工装 / 167

一个场景 / 168

像 / 169

养伤的孩子 / 170

麻醉药与黑暗 / 171

早餐摊 / 172

一棵不开花的树 / 173

棋　局 / 175

余温散尽 / 176

其实，与杯子无关 / 177

那些花儿 / 178

九　月 / 179

离家时 / 180

唯一的缓释片 / 181

老式手表 / 182

睡前的功课 / 183

毛地黄 / 184

女人花 / 185

一粒盐收走了她的泪 / 186

江　湖 / 187

赶路人 / 188

另一种语言 / 189

瞬　间 / 190

温暖的圈套 / 191

行李箱 / 192

怀　念 / 193

触景生情 / 194

六一晨语 / 195

胆小的孩子 / 196

往后余生 / 197

异地恋的一个场景 / 198

乡　思 / 199

与诗有关 / 200

怀　旧 / 201

十　月 / 202

距　离 / 203

钓 / 204

光 / 205

看电影 / 206

冬　雾 / 207

八　月 / 208

老　人 / 209

凌　晨 / 210

站台上的杂念 / 211

一样的春天 / 212

纸上秋 / 213

垂钓者 / 214

渡 / 215

嵌进腿骨里的记忆 / 216

半　生 / 217

雪无痕 / 218

俗 / 219

影子的影子 / 220

一些比喻 / 221

尾　声 / 222

可以被证明的默契 / 223

冬　夜 / 224

同　行　/　225

涂口红的女人　/　226

一道伤　/　227

混为一谈　/　228

老城的秋天　/　229

失　眠　/　230

落　/　231

记　账　/　232

一　刻　/　233

关于麦子　/　234

蛛　网　/　235

一枚钉子　/　236

田　野　/　237

根

荒野里残留着无数截根
矮树，青草，无名花，以及
我们的姓氏
它们总是一茬接一茬地，把生命力
拱出厚厚的泥土
又一世接一世地，把干巴巴的种子
深深掩埋起来

风掠过，它们就俯下
时光掠过，它们就倒下

有一天，我看见一朵蒲公英
飘落在一座墓碑前
像清明节时，看到
邻居家的二哥，长跪在那里

失　语

行李箱装满了絮叨
一米八的儿子使劲用手摁了摁，才合上

他不喜欢听絮叨
这个我明白
但是我做不到不絮叨
这个他也明白
所以，这么多年
他的抗议和我的絮叨
始终是流逝岁月的主题
直到大一开学那天，他拖着行李箱下楼
我跟在他身后，突然失语

像二十五年前那个午后
站在车窗外跟我挥别的母亲，一样

他的遗憾

明天要搬去养老院了
他已收拾好所有的东西
一札旧信,一支派克钢笔,一个紫砂杯,还有
一条艳丽的丝巾
天亮后,他摘下她的照片
把她曾微笑注视自己的日日夜夜,都装进
行李箱。最后
抚摸着墙上的钉子眼
他遗憾地说
对不起,只有它,陪了你这么多年
我却带不走了

阴　影

他的视网膜上，有一小块阴影，椭圆形
右肺叶上，也有一小块阴影，毛刺状

每天，他都丈量着
矿井深处的黑暗到地面的阳光
却从没计算过，身体里
这两小块阴影，离死亡还有多远

快三年了，他一直潜伏在阴影里
画着一座座高山，一朵朵白云
让正读大学的儿子，仰首
就能看到山峦之外的山峦
云朵之上的云朵

哥　哥

去工地旁的小酒馆，请他吃饭

显然，来之前
他洗漱过，并换上了最体面的衣服
席间，几次把双手掩到桌底下
我知道，他怕被我看到
粗糙渗血的手，和指甲缝里灰白的水泥
他的话，出乎意料地多
全部围绕着我的生活
笑的时候，他的牙
特别白净，瓷一般闪着光
想起，我们同时考上大学那年，他用牙齿
开过一瓶啤酒庆祝

不到两个小时，他便喝多了
扶他起身，我看到他裤腿上缝了个
补丁。针码歪歪扭扭

像无法痊愈的伤口

稻草人

夕阳落下,炊烟升起
一切,互为背景

屏住呼吸,他透过一滴泪
看后视镜里,父亲站在村口
挥动着右臂,缓而钝
像果园间的稻草人
在岁月暮色中,努力虚张声势
被反复掩饰的脆弱和暗伤
麻雀般盘旋
盘旋

直到,他的泪落下
父亲的腰,也弯了下来

暖调儿

喜欢看你从菜市口,提着
生活的百味,向我走来
那个行走的画面,被初冬的暮色
无限放大,在我的眼底
灰白成天长地久
纵然岁月惯性向前,我都等在
无风无雨的屋檐下
永远孩子般,被你牵着手,一起回家
餐桌上洒下暖黄的光
锅里的鱼汤,盘中的白菜,碗里的杂粥
热气腾腾,温存了一次接一次的
人生寒流

鱼

那尾,从故乡游过来的
鱼
在面前的盘中,依旧保持着
奋力向前的姿势
服务员说,这叫鱼跃龙门

与它对视,我的眼里有河流

屏住呼吸,努力像它一样
安静,放弃挣扎
奔涌的浪花里
故乡,如钩

三行诗之外

你向南,我向北
月光让我们的身影相遇
夜风吹动你的眼神
我想起,荷叶上滚动的露珠
似乎有一颗
恰好滴落进,沉默的光阴里

接过我肩上的背包
你把一路风尘拎进手心
终于可以与你并肩同行了
想起,世上最短的三行诗
安静却又喧闹
写着过程,也写着结局

从 前

窗口递出来一大袋中药液
单独包装，机器密封的透明里，褐色流动
一次一包，一天两次
省略掉煎药环节，医嘱简单，服用也简单

中药代煎，省事省力，携带方便
袋上的广告语，让她
想起童年时，爷爷亲自守着火炉
氤氲笼罩微驼的背影
药罐"咕噜咕噜"的
像他对奶奶，岁月静好的表白

厨房里的故事

去年秋天的芋头
发了芽,翠生生的绿
像不分场合窜出来的记忆

过期三天的挂面
外观依旧,口感依旧
吃一筷子,却像挑起微量的毒

年夜饭,准备了很多
自己爱吃的,还有他爱吃的
像恋爱时费尽心思准备新年礼物

垃圾袋里,残羹冷炙中探出一尾鱼头
与鱼目对视,她瞬间想起
另一双眼睛

洗碗时,失手砸碎并被割破了手指
想象着曾经的完美
她的泪,先于伤口的血,涌了出来

互为深渊

鱼钩和饵沉没
眼睛,却游在海面
岩石上,有人在等一尾鱼
打破海,用伤口划开另一道伤口

生命和欲望,在鱼竿的两端
挣扎,较量并妥协着
切换悲喜,也切换时空
他和它的眼睛
折射了海天一色
如同,彼此的深渊

正午时光

蹲着,看一群蚂蚁
围住几粒面包屑,忙忙碌碌
想象它们,触角间的对话
以及用尽全力,收获的快乐
他的手停在半空

正午的骄阳,烤着
他的脸和手里的大半个面包
有液体从额角和眼眶
滑下来
他轻轻偏了偏头,躲开
一只正举着面包屑努力前行的蚂蚁
像少年时,下意识地躲开
疲惫了一天的母亲

日　记

凌晨五点半，她的一帘幽梦
被闹钟，仓促收尾

一年半异地恋的悲欢，定格成三个字
在早高峰地铁，她紧紧攥着的手机上

九块九的盒饭，一粒硌疼牙的沙
让她眼角，起了家的炊烟，起了思乡的雾

八点的暮色，掩盖住
又一次麻木的空欢喜，主管不满的眼神
像深冬街头来来往往的车灯，晃疼了头

一桶泡面，给了她
一天唯一的温暖

洗漱前，房东打来电话
下个月，要么搬走，要么租金涨五百

卷进被窝里,终于有了闲暇
她敢,让泪落下来

他的汗水

站在高高的脚手架上
汗水,从安全帽下
吧嗒吧嗒地滴落
穿过无风的空气,穿过轻飘飘的影子
穿过异乡孤单的七月

停下手里的活,他恍惚了半分钟

头顶明晃晃的太阳,像乡下正长身体的娃
一声不响,便把他的汗水
吸干了

蒲公英

一年两次。母亲总是
在初春,把家乡蒲公英满眼的翠绿
寄过来,在晚秋
又寄一大包干巴巴的褐色粗根
她偏执地相信,这些
自由生长并经过精心挑选的清苦
可以替她,守护千里之外的牵挂

在味蕾与心脏相通的瞬间
便会想起那些降落伞般,小小的种子
我与它们,其实一样
被同一片土地孕育
并且,深爱着同一片天空

天 真

巷子口进去第五家
曾住着,他贪玩的童年
漂洋过海从另一座城寻过来时
已暮色四合
紧闭的院门,熟悉又陌生
像隔了,前生今世

两只野猫,追逐着蹭过
裤脚的风尘
扯着他疼痛的记忆
嗖地,从院门底下
钻进院子,钻进
一颗心想要的归宿

摇摇头,干笑了两声
他想起小时候的天真
每天隔着窗户
看院子里野猫嬉戏,深深地羡慕
天黑时,它们不必回家

我们和春天有个约定

立春的凌晨,我们谈一场约定
一场经历了暮色的薄凉,月光的沉默后
悲喜交集的人生定局

我们不说,隐伏在血液中迂回的聚散离合
不说,跋涉过的山水间曾经的怒放凋零
不说,空荡荡眼神里突然升腾的眺望
更不说,如一枚沙砾在流水般的梦境
渴望遇上蚌,柔软的包容
渴望一段接一段,从粗糙到温润的重生

这场约定
必须沿掌心的命运线
从凌晨出发,抵达每一道曙光
从春天出发,抵达每一季繁花

杀羊者

雪地里
他麻利地剥,灰白的羊皮
像打开熟悉的行李箱
手掌触及的血和余温
使他,周身发热,轻易忘记了冬天

但整个过程中
他常常走神,比如
刀刺进羊身体的刹那
他听不到羊的哀嚎,耳畔是
刚过百岁儿子,奶气的笑声
没有想到死亡
脑海里,是儿子一寸一寸的成长

春夜十一行

春夜的轻谈，成为餐盘里的佐料
废话的间隙，夹一块生鱼片
让味蕾染上醋，酱油和芥末
让笑染上皎月，花朵和羞涩

筷尖挑着生活的滋味，浓淡
可以随心调剂
酒杯中悬浮的孤独和沉淀的光阴
如初见，如半生，如相拥过的静默

桌上，没有热气笼罩
两颗胃，却一样温暖
同时被揽入，二零二零年三月的怀抱

眼睛里的深海

窗外，是冬日的海
起伏着岁月堆积的心事
让我想起，曾经另一片海
翻卷的浪花，撩开天地间的明媚
此岸到彼岸，看上去很远
想起来，却很近

隔着窗户
我们的眼睛里也有深海
可以面对面，春暖花开

我们的余生

你没能来,我对面的椅子便空着
面前的那杯酒,便满着
心里的那些话,也存着
还有,旧事在眼底,深深浅浅沉浮着

我知道,你在遥远的路上风雨兼程
尘土和黑暗中,有星星落在鬓角
有伤口,记录反反复复的疼痛
有我的影子,生成皱纹
在你额头,像分行的短诗

等你,在空椅子对面
窗外的街道,有人手捧玫瑰路过
我看到花瓣上,生命的脉络明晰
想起你说,我们的余生

两封信

每到岁尾
他都写两封信,给父母
一封,写满喜讯
一封,浸透泪水

浸透泪水的那一封
他夹在日记本,锁进抽屉里
写满喜讯的那一封
找个深夜,在无人的十字路口
烧掉

素　颜

她把对着镜子的自言自语，写成
一首诗，情节丰满，细节翔实
看着褪去表情的素颜，她突然感觉
莫名的陌生，像观察一个结痂后的伤口
曾经的疼痛与此刻的丑陋，刺穿了
耿耿于怀的眼睛，让她看到
碎落一地的玻璃镜

虚构比现实更真。像黑夜里的烟花
更容易装饰一扇窗户
像化了浓妆的笑脸，更容易
装饰，一段无法回首的岁月

一个与麦田无关的故事

像麦芒触及心尖
不足以致命,却也疼得发慌
这是听到,她离开人世
的瞬间
他无法自抑的一点真实

她七十三,终生独身
他们认识五十六年了,最后一次见面
是四十二年前
他们一起收割着一片麦田,却被镰刀一样
的流言,收割走了
下一个春天

久病成医

他在处方单上写下
一串串不同的中药名,想象着
药效在砂锅里,不温不火地翻滚

像一个,内带三分杀伤力的眼神

他在格子纸上写下
一串串相同的名字,想象着
一个眼神在暗夜里,无声无息地穿越

像一味,自带三分毒性的中药

外　卖

下雨天，叫外卖
下雪天，也叫外卖
不想买菜，叫外卖
不想起灶，也叫外卖
忙起来，叫外卖
玩起来，也叫外卖

透明的塑料盒
把油盐酱醋，把酸甜苦辣，把冷热干湿
密封成方形，或者圆形
托一名陌生人，循着等待
火速送达

今天中午，去接的时候
无意间看到他右手腕上
稚嫩地画着一块手表，像四十年前
自己的杰作

忍不住笑了笑，我同时收下了

这免费却珍贵的

一缕人间烟火

剥洋葱

变了质的,都要舍弃
包括一段超过七年的感情

他们彼此已经太过熟悉,甚至
连叹息,都自然而然地
合成一个频率
她想要的,他都知道
他不想给的,她也清楚
所以,终结这程同行,似乎是
两个人的不谋而合

没有争吵,也没有留恋
他们像往常一样平静,合作了
最后的晚餐

菜都上桌了,看着两双对摆的筷子
她突然颤着声音说
稍等,我去剥个洋葱吧

落满尘埃的旧衣

从挂衣架上轻轻取下

薄薄的灰尘,已覆盖了原来的体温
他扯着衣领朝阳光抖了抖
便有细碎的念想,飞扬起来
从鼻腔浸入眼眶,又缓缓落下
像一个故事,把细节打乱后重新排列
排着排着
他看到了懵懂的自己

这件落满了心事的旧衣服
被他遗忘在挂衣架上的理由
的确非常牵强
掸完灰,重新挂了回去
沉默三秒钟,他转身离开
等待新的尘埃,漫过岁月

如同,秋风吹乱他灰白的发

惊 蛰

一声雷后,我们开始沉默
吹皱的春水里,一张似曾相识的脸
像午后的书页一样被打开
看似轻描淡写的妩媚,慢慢复苏
随越来越轻快的呼吸,流淌进新的节气
你在素笺上落笔,一撇一捺
都是镂空的岁月

不敢多读,我移开视线
去看窗外的梅瓣,被夜色裹着
无声息地落进旧时光——
梅花开尽,桃花开

剃　须

闷了一夜的心事
在天亮前,密密麻麻地
生成,满脸胡须

对着镜子,他用手动剃须刀
一寸一寸地,还原昨天
让沉默的唇角,依旧锁住秘密
让泛着青的下巴,继续保持冷漠
只是,最后一秒钟,他忽然分了神
一粒小米大的血,从颤抖的刀锋
渗出来

像一颗熟悉的痣

镜子与墙

她和所有人
隔着,一面卫生间镜子的距离

美艳和沧桑
激情与颓废
还有,来自某一个人给予的
某一段喜怒哀乐
都一分为二地被隔离开

在镜子面前
她没有一句谎言
转过身去
镜子就筑成了一堵沉默的墙

两张启事

小区门口的路灯杆上,有两张新贴的启事
一张寻人,一张寻狗

寻人的,照片
一个老年女人,黑白分明地笑着
寻狗的,照片
一只棕色泰迪,穿粉红外套跑着
两张启事,都写着
万分心急,必有重谢
只是,寻狗那张,最后多了句
对于我们,它是家人

时光行

第一次遇见
一个人。发型,身材,笑容,动作还有声音
都很陌生
唯有左腕的手表,像你的遗失
我看着指针,一圈一圈
安静倒流,我们的时光

最冷的日子,已过去

等你的时候
我沿着记忆又走了一遍
用眼睛,用耳朵,用指尖
用病态的心跳

炊烟里的暖调儿,依旧
发散着永恒的余温
晨光里的清汤面,纠缠了
前世今生的细节
繁华落尽的街角,你向南,我向北
只为一个水波般的拥抱
铺天盖地的大雪里,陪我
开成一株傲寒的清梅

等你,等吱吱呀呀的门被推开
等岁月落到我的发梢和脸上
成霜,成网状的皱纹

等你披星戴月地撩开春天
告诉我，最冷的日子
早已过去

白 露

她总是,在周末想起很多
一首歌的循环播放里
一出戏的某句台词后
一杯酒的半醉半醒中
甚至路灯下,一个背影的左右张望间

害怕人为,更担心天意
常常院子里那棵银杏树刚开始结果
她就想到缤纷的落叶
没有人懂她,只有她自己知道
有些约定是说给黑夜听的
天亮后,便凝成了
无法收藏的白露

最好的广告

很多年了,在微信朋友圈
她卖过洗发水,卖过茶叶,卖过零食,卖过酒
还卖过衣服和鞋
我偶尔会买
转账时,她总是千恩万谢
我回她笑脸
其实所有的产品介绍,我都没细看
她发的最好的广告
是女儿成长的照片和视频
她,是个患了子宫癌的单亲妈妈

单 行

时光还是板着老面孔,只允许
我做个影子,亦步亦趋

看到蔷薇在五月的阳光里
抱住粗粝的老石头,笑成
你年轻时的样子
随风摇曳的,春光,记忆和秘密
都是一程单行,朝着
来不及体味悲欢的阴晴圆缺

在路上,故乡的炊烟压弯了我的眉
异乡的落日,让我仰起了盈泪的眼

不敢入目的,只能入心

隐去你的名字
时光开始放慢脚步,等我
一起向前

春 分

他最喜欢的一个节气
黑白对等，平分了同一座城

盘踞着呓语的年轮
在不止的风中
醒来，睡去。一秒不多，一秒不少
像他看到的她的脸
一侧，在阳光下
一侧，在月光里

扫

执一把扫帚
每天凌晨三点半,她准时
撩开一条道路的等待

除了,零星的落叶和垃圾
需要扫起,无数人的悲欢

她记得,昨夜路过
看到,有人在公交站牌下,不舍地拥抱
有人躲在街角,独自哭泣
还有一个喝多了,抱着树的男人
树下,落了一地,松针一样的自语

画

在墙上
被一枚钉子,支撑着
春夏秋冬
也被一枚钉子,禁锢着
南北西东

褪掉的色彩
在不同的眼睛里
沉淀。懂的人和不懂的人
只差一枚钉子

雪地上

理发师剪掉,她
一寸一寸,花白的等待

那里,别过谢了又开的节气
盘过理了又乱的心事
沉淀过市井的烟火,喧闹和俗气

剪短的绝望,缓缓
雪一样,落下
她深呼吸,弯腰
将一个名字,轻轻放在雪地上

短　诗

越写越短的诗
像越来越深的皱纹里，藏着的那些
做着减法的等待

能落笔的，寥寥
断章取义着，三分酸，三分疼，三分错
和一分空

四　月

累积了一个冬天的细碎想念
终于，在四月枝头
毫无顾忌地，蔓延成
云烟般的繁华

指缝间漏掉的光阴
与凋零的叹息，合而为一
填补了，来时路的跌宕起伏
想起十年前的一意孤行
纵然无法回头
依旧爱，那段被虚度的年华
曾经，像街角矮墙上的蔷薇
为拥抱渐行渐远的春风
把一生，都给了
一个行色匆匆的季节

字里/行间

形容词

这么多年,习惯用形容词
来掩盖生活的千疮百孔,掩盖
对往事的无能为力,掩盖
比长夜的风,更凌乱的心事

那些用过的形容词,就像
梳妆台上的遮瑕霜、眼影和口红
就像,衣橱里的假发、帽子和围巾
就像,手机里的美颜相机
和四十五度低眉微笑的斜面自拍

隔夜茶

一杯隔夜茶,在黎明中静置
像昨夜没说出口的话
余温都散在了绵绵梦里
回想,执杯的手,温润的唇
以及月色般的笑

想到那个梦时,她的泪突然
溢出来,反射着晨光
闪成一粒小小的火种
跌落进茶杯
点燃,隔夜的一声叹息

雨水,想到的

一个解冻的节气
似乎看到这两个字
冰封在眼底的影子,便开始
随东风慢慢晃动,像波光里
不舍的夕阳

自然而然,这一刻
就会想起一些关于温暖的修辞
想象春光乍泄,想象
你,仿佛一棵沙沙作响的树
抱着你的年轮,可以仰望
余生的阳光,月辉和云卷云舒

似乎还需要,有关雨的记忆
真的不多。只想起某次同行
共执一把伞,你向着我偏了偏
容许雨滴在左肩,胡乱画了一幅写意

一样的快乐

居然,在院子的冬青丛中
发现一个小小的鸟窝
里面的两只鸟,居然
跟天上飞来飞去的鸟
叫得,一样欢快

低头看它们时,我一下子就想起
隔壁地下室一对异乡中年夫妻
他们,每天早出晚归
收获着,跟城里人一样
阳光普照的快乐

打 磨

大半生,他是
背着石头上山的粗工匠人

石头与骨骼
都坚硬,他的脊背
经常被打磨得鲜血淋漓

石头,一刀一锤成全了想象的模样
骨骼,在生活里
一寸一寸还原
像镜子里,每年都矮去的肩膀
像照片里,一年比一年挺拔的
回忆

一碗全麦面条

初春的早晨,餐桌
一碗热气腾腾的面
零星的油花,碧绿的葱花,云朵般的蛋花
全麦面条安静地,在碗中纠缠
与坐在对面那个人的视线,一样

疼了半夜的胃,被温暖浸润
像春天柔软了灰白的枝丫
总有新生力量,治愈寒冷留下的后遗症
指间的筷子
挑起,寻常余生
从来说不出口的那句话
今天,依旧不会去说

春风,像极了一个女子

春风借助一株樱花
表达出低调的自恋
心事摇曳,欲言又止
偷偷抚摸一把蓝天白云
就是为了,让四月的暖阳
穿过越冬的心房

像极了一个女子
若隐若现地,与一段记忆分分合合
在每个失眠后的黎明
打开窗户,同阳光对视的瞬间
眉间的春风
便羞涩地吹开
一树一树的花朵

情 话

你睡时,像个安静的孩子
投在脸上的岁月,省略了中年的仓促
午后的暖阳,隔着薄薄的窗纱
在房间里走来走去,走来走去
发间的落雪,藏着
来自分离和奔波的点点轻痕
那一刻
我的呼吸,停靠在你的呼吸间

你醒来,我便成为任性的孩子
将眼泪和笑窝,随心
修辞,放大,或者倒叙
想到余生
沁入骨骼的疼和甜蜜,便如顽疾发作

你递过来的拐杖
一根在手里,一根在心中

姜山湿地的芦花

(一)

我看到的天空芦花摇曳
我看到的湖面,阳光比天空还多
风漫过一页页旧梦
席卷一年的绚烂
秋寒起,心湖微澜
小路上延伸着故人的眼神

指间不知名的小黄花,不属于任何人
它只属于一个瞬间的定格
像我走了这么远的路
只为一个沉默的擦肩
相机留下的一切
我们都留不下
被一辆车,载向了远方

(二)

芦花拂醒秋风
浮云像你的衣襟
整个下午都倒映在
我蓄满湖水的眼睛里

你的衣袖挥一挥
我的记忆便在身后零星散落
不去弯腰捡拾
像个薄情的人，寡言且只顾前行
只是，草地上有一支别人遗失的箭
让我驻足，恍惚了片刻

黄昏的阳光有点儿偷懒
我的变色眼镜
开始隐藏不住前一整夜的无眠
不曾想，被偶尔才穿一次的红衫救了场
让沉默的归途
有了灿烂的影子，相伴

(三)

一辆车，载着我回来
另一辆车，载着我离开
把云朵一样飘来荡去的空白
留给某一场，孤零零的，牵挂

深秋走漏的风声，给夜行人
芦花般摇曳的心事
裹紧风衣，我已习惯在小城的车站
出发和回归，等待和被等待
习惯了用重复的票根，丈量
同一段埋着细节的距离

对　峙

人与海对峙，海与钩对峙
钩与鱼对峙，鱼与人对峙
亦真亦假地静止中，阳光普照
像看一场没有悬念的游戏
都在等一尾鱼，奋不顾身
去救赎，钩尖上冷酷的孤独

所有的想象，从波涛中腾起，在鱼竿上
完成一个，似曾相识的轮回

句　尾

余生的晨昏
都入了诗，入了每天一壶的老酒

坐在盘旋的春风里
他突然记起一句誓言，短得
如同昨夜新生的胡茬
肆意，沧桑，坚硬，微凉

干了杯中酒，他静静看
斑驳的梅枝，摇落一地倒叙的细节
最后的那场道别，像一滴雨
落进了一首诗，句尾的省略号

雪和梅

雪肯定要来
最好,在清梅来不及收敛暗香时
一片一片地落下
让凛冽的北风看一看
晶莹与热烈是怎样般配
怎样无惧岁月的悲喜

压弯枝头的心事,是给明年春天的
一个承诺。在人世间的一切背景里
自顾自地绽放,是给这个冬天
最单纯的托付。雪化,梅落
如同,前世和来生

如约而至

草木总是最先得到季节到来的消息
春风随手涂抹的色彩
给冬天留下的素颜,上了悦目的淡妆
三月的午后,银杏树带着慵懒
两只兴奋的喜鹊,却争抢
传递一个旧年的如约而至

小巷里响起的足音
在一杯浓香的咖啡里落定
免费的阳光,却最珍贵
窗前对坐的,除了你我
还有两个并不矛盾的话题
类似,新的约定中,你来或者我去

他们的二十年

他没喝醉
桌上的几个空酒瓶却醉了
东倒西歪地躺成
他喋喋不休着的故事
她静静地,等那些错过的光阴倒流
装满酒杯,然后灌回酒瓶
封存起来

她想再过二十年
选一个清梅吐香的长夜,与他对饮

也

鱼是波浪里的蝴蝶
让垂钓者的眼睛里
开满缤纷的花朵
伴着海的呼吸,可以想一株梅
也可以想一树桃花,樱花或者玉兰

垂进浪花的鱼钩
像深深掩埋的心事,可能
勾起往事,也可能
空空

讨价还价

年轻时寡言的父母
如今的对话,越来越琐碎
听他们谈论
楼下老张的大孙子会叫爷爷了
床头柜抽屉里的降压药该买了
猪肉昨天又涨了两块二
便感叹,生活
像飞起来,又落定的鸡毛蒜皮
更像一场,与岁月之间的讨价还价

年轻时喜欢安静的父母
如今的对话声,越来越大
他们喊着晨昏,喊着四季,喊着彼此的昵称
私下里父亲说,你妈耳背
咱大点声,她就感觉不到自己老了
便感叹,原来
这是一场,岁月与他们之间的讨价还价

三 月

春风一吹,三月就骄傲起来
流水开始温润,草木开始面向暖阳微笑
我们的心,开始翻山越岭
云朵般轻盈,拥抱着,倒叙一场久别

说出口的,不过是四季轮回
说不出口的,才是人生契阔
三月是一粒种子,每年都破土重生
让我们的灵魂,丰盈地相聚
无论中年,老年,还是百年之后
我们永远执手,等春风吹醒
骄傲的三月

想起一个人

很容易就想起一个人
比如,在暮色四合的市井声里
比如,在五月蔷薇疯狂的青春里
比如,在星光遍野的迎面狂奔里
一个影子,明晃晃地闪出来
利剑般劈开,一颗裹了铠甲的俗心

光里,影里
与遥远的刹那争执,谈判,和解
眼睁睁地看一场春,缓缓落幕
像小时候,看那些飘散的炊烟
再也回不到,原来的灶膛

春　日

两只喜鹊，在银杏树上
高调交谈着
或许是天气，或许是爱情，或许是未来
它们从温暖的巢穴，抛下一片片
热情和快乐，砸在
我带着浮尘的额头

踉跄一下，我决定此刻出发
在迎春花开前，将一个抽象的句子
种在故乡的土地里
任它结出纷扰或静好
等你途经时，一一收割

影 子

一株荒野的植物上，写着你的归期
它迎着朝阳对我挥挥手
像你离开时的，欲语还休
我走近它
春风让我们的影子
拥抱在一起

疼的权利

又掉了一颗牙
他在日记里写道:
再掉一颗就得都装假牙了

最后的那颗牙,也已经露出了神经
冷的热的酸的甜的辣的
都能让疼,顺着牙神经蔓延到心脏
让他想起,当年她离开时
自己所患的那场严重牙疾
让他认定
牙神经与心脏一脉相通

所以他想了想又填上一句:
真害怕,失去疼的权利

像松针

像落地的松针
在时光里微疼了一下
便沉默成,遗忘

细碎如雪的曾经
覆盖了黄昏的光与影
有片刻的惊怯
在心尖上停驻后,跌落
像松针,轻而锐
年年,隔着一场离散

结　局

他骗它，上岸
它骗他，枯等
用一样的光阴，一样的道具
成全一样的心思

但，它用生命给予
他的惊喜，不过是鱼漂下的
一圈涟漪

在那里

一段废弃的铁轨
在那里,被荒草覆盖了
时光曾经肆意来来往往
当着我的面,一趟趟
撒落和遗失年轻时的不懂珍惜

一个空了多年的喜鹊窝
在那里,高高的树杈
替它的主人,抵挡着不知归期的离乡之苦
我仰头站着,在那里
像个小小的逗号,前面和后面
都有一句话

像在说废弃的铁轨
也像说,空着的喜鹊窝

抽烟的女人

她不看他,也不说话
只是拼命地抽烟
一支接一支,一口接一口
仿佛爱恨,离愁
可以在呼吸间,交替
吸的时候,她的食指和中指
绷得紧紧的,嘴唇也抿得紧紧的
吐烟圈时,她把手指垂到桌上
松松的,嘴唇也微颤着,松松的

像个哭弯了腰的瘦影子

爱　情

终于等到你来,带我走
我不穿高跟鞋,不穿长裙
不留长发,也不化妆
像领孩子一样,你牵着我的手
像孩子一样,我仰着脸跟你走

我们不说情话
偶尔,会对视片刻
然后,开始暗暗,贪生怕死

樱花树下

四月的最后一天,樱花
已落成残梦。淡淡粉色
像风遗漏的心事
时而浮躁,时而安静
时而,凌乱了一场场对话

我站在树下
昨天刚剪短的发,终于露出
眼睛和耳朵
让我可以,真切地看到
有人,正拥抱后各奔东西
清晰地听到
有人,在商量着千里相聚

一片天

小时候,常常被父亲驮着,看光景
以为高过父亲头顶的
便是天空
慢慢,父亲干瘦的影子
在夕阳里,炊烟般越拉越长。他看到
天空低下来
像暴雨前,乌云压顶

从此,他开始将最美的光景
耳语给父亲
每一次俯下身子,都感觉
如同当年在父亲的肩膀上一样
触目可及,辽远的天空

种　牙

去医院，把残留的牙根拔了出来
他想种一颗，耐看又坚固的新牙

种牙的过程很疼，也很慢
这些，早就听说过
但他执意要种，种回年轻
也种回，当年的心态
越是疼，越是慢，越是充满憧憬

牙，如愿种好了
对着镜子，笑了笑
那颗新牙闪了闪，让他突然想起
衣橱里，那件结婚礼服上
遗失多年的一粒纽扣

醉

月亮从眼中沉入,面前的酒杯
我一口接一口地打捞着
凌乱的心跳声
曾经的花朵,在舌尖上
开成一句呓语

唇印在杯沿冷却
那支口红还在等待
像我等你,亲口说出一段情感的结局
你的沉默,在我半醉半醒的踉跄间
凝成白露,映照着
酒杯里的月影
沉默前的唇印

早　餐

把一个早晨的全部美好
盛在盘子，装进碗里
素颜对坐。可以沉默
也可以洒拌上几勺家常话
暖胃。人生百味淡淡地
从味蕾蔓延到唇齿间
烟火，清而轻地飘荡
日子就这么重复，诗和远方都在
春夏秋冬的轮回中

我抬起眼睛，看到晨光
也看到你
嘴角来不及擦掉的，薄粥的痕迹，还有
一朵，掩饰不住的微笑

真　实

霜降到发梢上
我们分食一碗热粥,一碗冷面
一碗骨汤,一杯清茶
让舌尖和人间的冷暖,触碰后重叠
在你面前,我可以

味蕾和伤口,都不必去隐藏

守

月光守住一扇窗户
灯光守住一个影子
他在摇椅上,轻轻晃着陈年旧事
晃着晃着,眼睛就溅出了点点雨星

乖巧的老猫,在他的脚边蹭了一会儿
开始,呼噜呼噜地打盹
他屏住呼吸,不敢妄动,知道
一个温暖的梦,可遇不可求

烟灰缸里的烟火

烟灰缸里,堆积着燃尽的
时光。那些握不住的
烟蒂,像一场短暂的
重逢

加速的心跳,所有的倒计时
都与某个温暖的场景相关
风雨,明月,旧时的桃花
都弥漫了世俗的虚虚实实,供别人
曲解。故土一直是我走出去又返回来
搬运理想和现实的唯一途径
只是,余生路太长
我们走不出烟火人间

走走停停
身后的烟火,都落定在,面前
这个小小的烟灰缸

丈量等待

隔着桥,看对岸
看春风里摇摆的,野花和手臂
曾覆盖一冬的积雪
已化作了天边的云朵
飘在缓缓流淌的湖面

她低下头,看着自己的脚尖
丈量过的等待
刚好,是一座桥的两端

挽　留

一个人的下午，隔着一双丝袜
她在客厅的木地板上
与漂亮的新鞋，来来回回
磨合

深深浅浅的脚步声，像反复争论的
旧话题
沉闷，连着心底的微疼
她深呼吸，坚持不肯停下来，企图
用受伤的脚后跟
证明，一份舍不得的喜欢
执拗地如同，昨晚
对一个影子，哭泣着挽留

小城暮色

夕阳温暖,春意
云卷云舒般自由
对抗着,夜风中飘荡的百感交集

群楼,点燃人间烟火
窗帘隔开,大同小异的悲欢离合

路灯,相互之间隔了长长影子
像光阴游走中,恰到好处的回忆
影子里,我们对视
如街角的梅,相互耳语着
这场关于春的等待,真的太久了

标点符号

一纸病历,成了
她余生的一个标点符号
爱过的,恨过的,等过的,念过的
还有,更多可有可无的
都在那个标点符号之后
被删掉了

她

她的高跟鞋,哒哒地踏着粉碎的青春
她的假睫毛,半真的妩媚,泪滴般摇摇欲坠
她的红嘴唇,像一口被玫瑰花半掩的深井
她的彩指甲,握着季节里几缕易逝的暖风
她把及腰长发,染成轻飘飘的奶奶灰
她喜欢,陌生的男人喊她,小秋
她买过数不清的假发
只有一顶,齐耳,黑色
已经五年了
每到过年,都随箱底那件水蓝色羽绒服
陪她,回老家

归

拐杖颤悠悠地,点痛一地落叶
额顶的白霜,像暮色里的炊烟

他把呼吸,缓了又缓
把一个名字
使劲咽了咽,往心深处
使劲按了按,往记忆深处

手心,微微出汗了
悬在半空,停了停,又向前移了半寸
"吱呀"一声,门开了口
一个锈在旧年的话题,被打开

枕边散落的诗

秋风撩开夜色
你说还会回来,我便将梦半掩
放一线晨光进来,照亮等待中的心路
那颗悬挂在窗框上,与我对视的星星
用乡音聊着昨夜的酒,昨夜的你
还有无法复制的旧时光

太阳催着星星去做属于她的梦了
我却不敢起身,不敢惊醒聆听着的耳朵
也怕,看到枕边,越来越多的
白色落发

七　月

被春风吹开的花朵
大多在七月重重叠叠的绿意中隐退
像一个故事，从星星点点的细节
成长为枝繁叶茂
像我光洁的额头，终被岁月一寸寸盘踞
刻下越来越多的故事

一年很短，一生也不长

海风翻阅过的四季
只能被称作旧时光了
隔着日复一日不变中的改变
你留在原地就好
我愿意为你日夜奔波
而七月，是一个终点
也是一个起点

一条小巷

你不来,陌生人来
到处都是背景的巷子,依旧行走着
一段接一段的故事
有些轻描淡写,有些浓墨重彩
有些,像投在老石墙上的影子
自始至终,保持着沉默

你不来,便目送陌生人
目送虚拟的对话,消失在一场滂沱大雨中
回首时,目光跌落
触及,岁月遗留的每一处擦伤
深深浅浅
虽不致命,却无法隐藏

余 生

她把余生,一次性装进药罐子
然后,一天两次
分期倒出来
偶尔,会摇一摇,听听罐底的闷响
猜一猜,剩下多少
疼痛着的时光

影

她的影子锈在窗棂上
夜晚和白天,都随着叹息
微微地摇晃

他和她,隔着窗户

他看到
一剪,孤独的梅
因为错过一场大雪,被
吹成了一弯残月

阿　贞

临街的啤酒屋,像青岛老城区
整个夏季的一方舞台
不锈钢桶在车来车往的尘埃里,闪着
眸光般等待

他常常在周末的傍晚一个人来
只喝酒。让心事,泡沫一样
浮上来,泪水一样
沿着菠萝杯壁流下去

我给他保留专用的杯子,每次洗杯子
都异常用心,他不知道
这待遇,来自他手机屏幕上
一个经常出现的名字
阿贞
与我老家的表姐,一笔不差
只是,她丈夫
两年前,死于一场矿难

一句台词

电影院里的空气,不新鲜
像银屏上的爱情,短短一夜就过了
保质期
他们在别人的故事里,拥抱
剧终后,转身

街道上,夜风清澈
看着他的背影,她想起
刚才,女主角的一句台词:
你会不会离开我啊?

物是人非

盘了发，描了眉
涂了唇膏和腮红
换上收腰旗袍和五分的高跟鞋
把欲语还休，反复拿捏后
混合着睫毛膏，涂了又涂
绣花挎包里，用旧围巾
裹了初遇的温暖时光
面对镜子，微微一笑
扭着三十年前，熟练的麻花步
她去见他

阳光下，他只看了她一眼
轻轻，吐出两个字
组合过一夜的句子，瞬间被打乱
烫伤般，痉挛了
她手心的一个梦

浣 衣

揉一揉，搓一搓，锤一锤
像拿捏一颗
饱经沧桑后，依旧敏感的心

七彩肥皂泡，裹着
半透明的心事
在河水里涤荡，漂浮，远去
她低首沉默，手一伸
就戳破一片白云
一段年华，和一个秘密

婚　姻

看着最小的儿子春风满面，把一枚钻戒
套到心爱女人的无名指上

想起，五十年前
一动不动地看母亲
从箱底翻出红手帕包着的玉镯
套在，让他仍感觉陌生的女人左腕上

光阴，这样被套了进去
就再没有，退出来

写给夜的情诗

晚风不停地拂过流水
月亮的心被揉碎了
在岸边,我想起多年前写过的一首诗
凌乱的句子像散落一地的骨骼
陌生却带着成长的疼痛
那时候不敢看星空
怕银河的传说
带走月光下思念里的微笑

再也没有那样的夜晚
风吹过,蒲公英般的想象
落地生根的暮春里
我只能写一首无人读懂的诗

如今,我可以俯身看粼粼波光
也可以眺望远方
还可以淡淡地说
爱你

清汤面里的岁月

让酸甜苦辣咸，缠绕着
这些年千丝万缕的进退
沿味蕾，一点一点渗入血液
留在碗底的清汤
像母亲欲言又止的眼波
无论多久都一样
能给我，最初般暖心的滚烫

用筷子理顺一坨面
用唇尖抵达曾经的习以为常
就这样，用眼前的这碗清汤面
把岁月一寸寸扯长

处变不惊的岁月并没有疼
因为用了力，我却感觉
身体的每一条神经，都很疼

字里行间

冬日重逢

一个名字,锈在唇齿间
让一场重逢,落满了经年的叹息
她不看他,只看桌上的百合
他也不看她,只看茶的氤氲

阳光,投在他染了霜的鬓间
投在她织成网的眼尾
屏住的呼吸里,他们不断向往事靠近
相拥的影子
如白雪覆盖的梅枝
给了整个冬,绵绵的,生命的暖意

在母亲的等待里躲闪

母亲燃起炊烟,等着我的归期
我风尘仆仆地奔波在
阳光,阴雨和昏暗的路灯下
能看懂我心事的
只有,睡前洗漱后,面对的镜子
越来越多的皱纹,深度证明着
遮瑕霜的谎言
这个世界与我之间的故事
在梦里,如尘埃般
落地

常常夜半时分,想很多没有答案的问题
不知道,母亲偶尔抬头仰望天空时
云朵上,有没有我躲闪的目光

原地不动的都是童话

手表停了快三年了
她一直没去修
依旧戴在左手腕,像给往事
留一个位置
每次低头,她都可以读一遍
旧时光原地不动的童话

等

夏日的小城,在隆隆雷声里等一场雨
他用当年同样的期盼,等她来
匆忙凌乱的雨点撩乱视线
盯着七月的梅枝的绿
他的眼底,是雪中点点淡粉的温暖

一个比喻

尘埃,在阳光下
斑斓地飞扬,落定在
潮起的眼睛

风躲在暗处,看三尺浪
像,某个人经过了她的世界

皱

真丝衬衣容易皱,给你熨好了
她说
放那里吧,我一会儿就换
他答

真丝衬衣容易皱,帮我熨一下吧
他说

那件真丝衬衣,确实容易皱
搭在挂衣架上,像他的脸
深深浅浅的疲惫里
都是,再也没有应答的
自言自语

芝麻烧饼

思乡时
他便去街角的面食店
买一种芝麻烧饼
那是五百公里之外,家乡的特产

他不吃,只看上面的黑芝麻
像看到了
她满脸的雀斑
多年前,她做的芝麻烧饼
撒在上面的,点点都是白芝麻

午夜十二点像是一扇门

夜,被一个等待分割
枕畔有散落成断发的叹息
想象比梦长出了一半情节
穿堂风吹开的云朵里
闪烁着,星星一样的心事

用温水服下一粒催眠药
裹紧身上的薄被
中止聆听时光的停顿
午夜十二点像是一扇门
想从里面反锁
又怕将迟归的你
挡在门外

白　发

一根白发便是一首诗
长的，短的
都像落了雪的句子
等着，温暖的人去读
懂与不懂，岁月为证

有时，刻意染上其他色彩
像藏起了心事，掩住了故事的
一首无题

热早餐

异乡打拼三年，他最想念
读高三时，父亲做的早餐
手擀面，蛋炒饭，土豆饼，还有
偶尔的小馄饨
父亲是在母亲车祸走后，才学会了做饭
他永远记得，无论几点起床
碗碟中，总有不变的热气腾腾

昨夜，一双侍弄土坷垃的粗手
端着一份热早餐，向他走来
他没敢抬头，怕一哭
梦就醒了

暖

阳光在眉宇间，羞涩地闪
你在人群里，寻着我的等待
坐在乡愁之外的方圆百里
你给的昵称，撞击鼓膜后，又波及我的心跳
感觉，这座城市变暖了
突然，便暖了

倚靠着昨夜的梦境，澄澈的背景下
复制，拥抱与飞翔
想象，此刻与未来
返绿的树梢，像眼底的春水
带着苏醒的记忆，正缓慢抵达
花开季节

无中生有

从翻开第一页,到合上最后一页
一个故事在眼睛里
开始,结束
但不知道为什么
我的脑海里,却突然潮涌了无数波
无中生有
而且比故事的情节,更跌宕
比故事的细节,更真实

就像你
本想折一枝梅带回家
却把冬天也插进了花瓶

月饼与月亮

咬了一口月饼
他看到里面的青红丝
混合着琐碎的五仁
像纠缠了半生的旧事

月饼上的缺口
在心底一寸寸坍塌
一轮模糊的影子,从废墟升起
渐渐,圆成头顶的月亮

端　午

在睡醒的瞬间,向你道一声安康
把粽子里的糯米
粘上比平日更甜的欢笑
陪你对饮一杯雄黄酒
眼神纠缠血液里,奔涌的千层浪

用一根绑粽子的彩线
系一轮从江里捞出来的,湿漉漉的月亮
然后用乡音念出一段凌乱的分行
像龙舟竞渡的号子
惊扰了千年的沉默
将我送回,插着艾草的那一扇门前

道　歉

他想通了
不是突然,也不是终于,而是
在一个午夜,梦醒之后

摸着枕上的冰凉
他决定,无条件地
向一个摔裂的杯子,道歉
向一封烧毁的书信,道歉
向一抹决绝的影子,道歉
向一段远逝的光阴,道歉

最后,压低早已弯曲的腰身
他向孤单的自己
反复道歉

锁

一把钥匙,划破了光阴

开锁的时候
他屏住呼吸
像手执一把利剑
起落间,一个故事被一分为二

打开了
太阳会照进临窗桌子上已尘封的酒杯
开不了
锁就永远锈在,那年的弦月上

他的夜

戒了酒,爱上茶
但是依旧常常醉
他用凌乱的句子,拼凑
一个个无眠的夜

无论是酒还是茶
杯子里的液体,都是一面易碎的镜子
被一滴泪就能砸成
漫天坠落的星星

一抹水红色的裙袂
如箭镞般穿透心脏
让他想起
二十年前某个深夜的一道闪电

母 亲

风霜,在骨上年年增生
她弯着心事,把自己交给
夕阳。风掀起泪眼
她止步,回头

送她的人,一动不动
遥遥的,像隔着
一面,四十三年前的镜子

月亮和童话

每个夜晚来临,她都站在落地窗前
看一看,外面的世界

其实,她的视野并没有太远
看到的不过是
路灯,星光,浮云,还有盈亏的月

她喜欢看月亮
感觉像一个人的脸,岁岁年年都不同

五岁的时候
她听着童话,看天上的月亮
五十年后
她看着月亮,想心中的童话

乡　愁

常有，不知名的野花
以春天为借口，拱出变柔软的土地
打开折叠的生命，攀缘着阳光
迎接怒放与枯萎

它们跟随不同的脚步，行走在
每个异乡的山山水水

一生，都不知道自己是风景
也不知道，很多人在它们的摇曳里
生出了，种子一样
可以扎根，也可以漂泊的，乡愁

后　续

你走后，茶开始凉
夜也开始，长
我开始储备，过冬的记忆
并且，重新调整每个细节出场的顺序

不碰酒，也不碰月光
它们容易让我，旧伤复发
捂住胸口，不去碰
虚掩着的一切
深信，这世上的孤单
都像口袋里，失去锁芯的那枚钥匙

石　头

不信，石头没有生命
与沧桑融为一体的粗粝
是风雨之后的，点点阳光
不信，石头没有情感
伤疤般的纹路
是坚硬之外的，<u>丝丝柔软</u>

常常看着一块石头，会想起
一个从不说笑的人，想起
一段蒙蔽了微尘的时光
那时，我便一动不动
像一块遍布裂痕的石头

回 忆

日落与炊烟,一幅流动的画面

穿堂风吹过邻家孩子们的喧闹
半敞的窗户后,他摘下眼镜
和春天,潮湿地对视
她很快便会走过来
用云朵般轻盈的裙摆
旋转出双樱的娇媚
让他想起,那年
浅醉后半假的情话
那么任性,像春意铺天盖地

得 失

那年，银杏叶飘
风里，我听到心事落地的声音
扫帚像梗在时光里的一枚刺，一遍遍
穿破渐寒的秋色
阴，晴，圆，缺。飞舞的尘埃
迷了泪眼。从离开故土的一刻
就注定一个故事，在虚构中被丰满细节

曙光与夕晖，得失一般
洒落在我伫立的院落
曾是一截被折断的梅枝，等冬漫过一座城
等一个寻香的人，撩开烟火
穿越人海，缓缓走来

酒后吐真言

她坐在客厅,看他在厨房忙碌
想起,父母的婚姻
和巨蟹座的爱情

六个菜,两个酒杯
一场酩酊大醉

吐酒的时候,她顺便吐了真言
让那只轻拍她后背的手
在半空中,突然停住

道　别

新年就要到了
我们开始道别。跟一切
留不住的
比如一场雪，一帘梦，一个等待
比如光阴，和光阴深处的某人

越眷恋的，越不敢再触碰
触了雪，会化
触了梦，会醒
触了等待，会疼
触了光阴，会流泪，某人会成为
支离破碎的倒影

真正的道别，说一个字，都多

大学路的诗

大学路的红墙,延伸着
火一样的故事
不分季节的背景,十指相扣与四目相对
给深秋,诗的暖意

让我忍不住想起
每天都路过的那座危楼,斑驳的墙上除了
大大的拆字,还有一行小小的
某某和某某在此有约

多像,以大学路为背景的那些诗句

母亲与我的话题

远道而来的母亲，带着
这座闹市没有的方言，特产和回忆
将我不足十平米的出租屋，塞得
满满当当

玉米粥的清香里，她的话题
从村里越种越少的庄稼
延伸到楼下四季常青的绿草地
从满大街张着口子的牛仔装
追溯回小时候摞着补丁的肥棉裤
从桌上发现的那盒三九胃泰
转换成专家的养生之道
从当天立夏的节气
跳跃至我恋爱娶妻用得到的心理学

待了两天，与我
足不出户聊了两天

字里
行间

我说得却很少，只有一句
祝老妈生日快乐
让她，沉默了很久

反季节

反季节的蔬菜在净白瓷盘里
泛着光,绿油油的
如时光倒退回青葱时代的假想

慢慢地嚼,反反复复
他感觉味蕾上
缺少一杯清酒的微苦

假牙也是反季节的果实
与盘中蔬
共同虚构着,若干年前成长中的细节

留　白

纵然分离,也对你心存感激
如同一尾脱网的鱼
挣扎的瞬间,一半来自对海的眷恋
一半来自对岸的向往
缺氧,是被放大的幻想
结局,是来不及细想的一段匆忙

春波荡漾,暖阳慈祥
你收走的网里
一个透明的故事
像极了,一首诗的留白

十月的白桦林

杂草丛生着
在她脚底,也在心里
一行行白桦树的无数双眼睛,看着她
像她看着丛生的杂草

每到十月,杂草会枯
每到十月,她会来白桦林里哭一哭
从旭日东升,直到
暮色笼罩
她把一些记忆从尘土里挖出,拥抱一场后
重新,深深地埋下去

母亲的坟,就在她的臂弯里

安全帽下

不到一米的墙上,涂鸦了
三岁儿子的世界
不到两平米的厨房,弥漫了
烟火、油盐和妻子的轻咳
不到十分钟的饭后小憩,圆满了
一个穿越时空的梦

七月的工地上,他的
安全帽下,是一张湿漉漉的脸
和一双湿漉漉的眼

补　丁

灯下，她把旧裤子的膝盖处
打了个补丁，像把伤口处涂上
厚厚的药膏
已经忘记是怎样弄破的
她只记得缝纫时
扎伤了两次手指，不算太疼
却染红了针尾上的白棉线

后来，穿去参加旧友聚会
大家都指着补丁说
这样的设计，别致时尚

病　历

一页薄纸,密密麻麻记录着
与岁月的往来账

凌晨的一支烟
午后的一顿冷餐
深夜的一壶烈酒
以及与之相关的人和事
这些,其实并没有出现在账面上
最后落笔的四个字才是账单:
胃癌晚期

那页纸,被称作病历

熬　药

砂锅里煮着一剂调理失眠的良方
十几味中药，混合着旧事
慢慢熬出苦涩
看着汤汁一点一点变浓
她的眼睛一点一点返潮
喃喃道
都二十多服了呢，怎么还不管用

叹了口气，她把火苗调小
让药液只保持微微沸腾
像十年前，关小，心中的那簇火苗

查无此人

寄出去的信,退了回来
原址查无此人
那些沸腾在血液里的句子
瞬间,在心尖上凝成冰

再读曾经的一笔一画
多像一个人孤独的归途
遥远到漫无边际
让季节乱了脚步
让绿苔布满黑夜的双眼

原址,还在心里
此人,却只留空白

最后的晚餐

她把面前的牛排,切成小块
同时,听他
把一句话,切成小块

整个晚餐,她和他
慢慢地切割了,一段共有的旧时光
离开时,盘子里剩下的七分熟
像一道伤口
微红,却不见血

单曲循环

循环的单曲,把冬夜一刀一刀割裂
黑暗像一处巨大的伤口
吞噬了她

卡在时钟的摇摆间
下意识地抚摸着左手无名指
那里常常隐痛
让她总去想,是否一种病态的增生
或者,一场无法治愈的后遗症

她的耳鸣,这么多年了
一直是深夜里,这首循环的单曲

光　阴

秋意从树梢开始
一天天爬上她的眉头
坐在银杏树下
她低垂着眼睛，一言不发

天空飘走的云朵叫光阴
脚底落下的黄叶叫光阴
她手背上的老年斑也叫光阴
当然，还有些光阴
她今生再也看不到了

低垂着眼睛，不敢抬头
她怕额角的光阴塌下来
砸伤身边牙牙学语的小姑娘
她还要陪着小姑娘
等属于她的光阴，慢慢长大
等她们牵挂的光阴，早日回家

字里行间

旧　戏

誓言是岁月留给唇齿的回忆
让走过的思念
沉淀在静止下来的伤口

花儿与少年
仿佛还晃在昨日清晨的窗口
老茶与旧戏
却成了此刻月光下的寂寥
那些来日方长的约定
已定格为渐行渐远后的孤芳自赏

阳光一寸一寸地，退出房间
旧戏一句一句地，唱着结局
思绪在唇齿间结网
一颗心像紫砂壶中完全舒展的老茶
沉浮于俗念的
删繁就简

二月的等待（外六首）

整个二月，都在闭门思过
用雨雪，清洗灰白的眼睛
用想念，抹平丑陋的伤疤
泪水中生了锈的爱
让深夜的哭泣，哑然
比疼痛更真实的分离
像春水里，冬的倒影，一触即碎

炊烟袅袅的故乡和你
与我，隔着一杯烈酒
倚在墙角，去年的那两个空酒瓶
用蒙了尘的心
在等待，那个拾荒人

春，应该来得早一些

今年，春应该来得早一些
干枯的枝丫

应先从每个人的心底返绿
然后,爬上口罩外紧锁的眉头
从眼睛的渴望里,一朵一朵开花

暗香,也应该从慢慢愈合的伤口
一波一波地溢出
净化,世间弥漫了好久的阴霾
然后,等着每一张卸掉铠甲的笑脸
去迎接,并沁入自由的肺腑间

还有,每一双耳朵
应该更能听懂婉转的鸟鸣
更懂,留一片广阔天地
给所有欢腾的生命

他

四岁儿子要折的纸模型,他不会做
高中女儿要检查的作业,他已看不懂
常年卧床老母亲的疼,他也替不了
这个春节,因为一场病毒肆虐
他在家多待了半个月
每天重复的晨昏里
他特别想念,遥远城市中
那片,正从自己脚下生长着的楼区

只有站在高高的脚手架上
他感觉,才有能力
替妻子伸一伸,低弯的腰
摸一摸,荡着海风的蓝天

暖

像等了又等的必然
初春的一场雪后,天气终于暖了
叶的新穗,花的骨朵,鸟的欢歌
还有你的视线
让高高矮矮的枝头,不约而同地喧闹起来

站在二月的晴空下
我们有能力忽略,隔着口罩的咫尺天涯
反复练习着,再次见面的淡然微笑
若还是没能忍住泪水,就好好拥抱
让两颗心贴紧,和同一脉搏

其实,还想对你耳语
你若是一道暖阳
我愿意去做,一粒尘
在你的明亮里
起舞,落定

字里行间

活　着

除夕与初一迭替后
我们每个人生命的轨迹，又蔓延了一寸
只是今年，除了新衣新帽新鞋
还多戴了一副口罩

口罩下的每一张脸，写着
同一个表情：活着
有人，想从一场梦与醒的纠缠中
好好活过来
有人，想从一场生与死的较量中
让别人好好活过来
活着，突然成了一个
挂在嘴上，可以反反复复的话题

话题里，他让自己成为一棵枝繁叶茂
为别人遮风挡雨的树
将第八十四圈年轮，生在疼痛的武汉大地
话题里，他将婚宴推迟到
真正的春暖花开时
她只能与六岁的女儿
泪眼相望，隔空拥抱
他和她，异口同声地支持孩子

做一个将翅膀隐藏在防护服下的天使
话题里，活着是这个冬天
最滚烫的一句方言
而且，每一个人都听得懂

活着真好
好好活着
口罩下的每一张脸，都想回眸
看看活过来的和让别人活过来的路
有多少，被泪水催开的花朵

窗 外

看绿意从灰白的缝隙里，一点一点渲染开
他知道，再过几天，就会有缤纷
摇曳在城市的每条街道，每个角落

冬天来了，春天还会远吗
曾经最喜欢柔风，喜欢暖阳，喜欢花开
所以每到飘雪
他都会想到这句名诗

今年，隔着窗户
反反复复看了一个正月的孤独
他第一次期盼，所有的枝头静止

所有的绽放，可以推迟
因为，春暖花开
就该交新一年的房租
而他那间小小的咖啡店，至今还戴着口罩

买鞋记

两个月没出门的她
今天，新买了一双皮鞋
六分细跟，适合优雅地慢行

很久了，她都只穿
不超过三公分的平底鞋
好让匆忙的脚步，悄然跟随着岁月
试穿时，久违的
清脆地噔噔声
让她决定，换上这双鞋
去敲响春天，沉睡的大地

生命的反刍

那天在你的书桌前,坐了好久
沿岁月攀爬的绿植
叶脉上摇晃着细碎的阳光
你就躲在,一个白日梦的恍惚间

让我们伤感的消息
那时还在路上,不急不慢地赶着
面前的茶杯里不断续着,微澜的话题
回想起来,让我相信
人到中年的每一次聚散
都是生命的反刍

伤

失态地,挣扎在一道伤口里
直到执念耗尽
在伤疤深处,定格成最后的扭曲
坚硬,寂寞,安静

所以,多年后
若我们可以重逢,你看到的
波澜不惊,都曾是
今天的骤雨狂风
都曾是,穿过针打了结的疼

清　明

风扬起坟前的尘
迷住他的眼
噎住，喉间的半句话

他矮下去的身体，像
一株蒲公英
和高高的墓碑，在深深的土地里
紧紧拥抱

后　来

后来的事，再如何追问
他也不再讲了
她只有起身告辞
面前的半杯茶，依然温热
像他描述中的，不曾冷却，不曾淡然

他安静地目送，她安静地消失
那个茶杯，安静地等待，一场空与满的轮回

两枚鹅卵石

对视着,至少他这样认为
看它混沌的色泽,粗粝的毛孔
和过于刻意的圆润

相互抚摸,至少他这样认为
感受它的冰冷,坚硬和深深浅浅的裂痕
想象经历的各种疼,各种麻木

它是一枚鹅卵石
他感觉,自己也是

租房记

靠床的白墙上，一抹暗红的蚊子血
留住了那年夏天的片段
一米二的床，曾容纳着两个人的梦
他用胸膛焐热她异乡的薄凉
餐桌上的杯子，折射了午后的阳光
那时的白开水最美
烟火味弥漫的厨房，此刻静得
像冷下来的一碗白粥

租来的房子到期了
他将一切打好了包
却不知道，哪些可以完整地带走
哪些，早随如水的月色，留在了最初

回家过年

踩碎余晖,他把一路风尘
在长长的巷口,卸下
邻居家的窗花,一笔一笔地刻画着
记忆中的团圆
袅袅烟火,四散后,扑面而来
让冬天温情,让眼睛温润

像被呛到了,漂泊多年的心
他条件反射地轻按着胸口,咳了咳
门口的红灯笼,代替了母亲的张望
透过窗户,父亲孤单的等待
剪影般,勾勒出了生活与活着的轮廓

静立了十几秒钟
他想敲敲门,却发现,门静静地开了

止痛的速效胶囊

越来越松动的牙齿
像埋在心底的那份感情
日日避着生活中的坚硬,却又
不自觉总想去触碰
一波接一波的微疼,梗在喉间
让她想起,那年的梅花三弄

无计可施,只有等
等午夜梦醒的心跳
被黑暗包裹成一颗速效胶囊
不用借牙齿,一杯温水
她就能轻松服下
止,一切痛

收　获

我们总是，孩子一样地
用眼泪，用疼痛，用枪口
跟共守的岁月，变着相撒娇

最后用一句话
收回枪口，疼痛，眼泪
大人一样，一本正经地相爱

生活里的一地鸡毛
被我们扬起来
看它们安静地，碰撞在一起
等待落下去，抽象成
半夜爬起来写下的诗
梦里的一半，丰满
醒后的一半，留白

问　路

公交车站，一个年轻的女人
向他问路
可他，并不知道她要去的那个地方

她失望的眼神
让他想起五年前，另一个女人

昨天，他刚刑满
那个女人却没能等他
他不知道，她用怎样的眼神，跟这个世界
告了别
此刻，他想
若当时，自己也问问路，多好

忘　记

雪融化，屋檐上的冰凌开始流泪
麻雀把脚印掩盖在潮湿的枯草间
把对话，公开在初春的冷风里
隔着窗玻璃的水仙花
正一点一点老去
略显疲惫的叶子，容易使人产生
追忆或者联想

眯起眼睛，隔着窗户
看头顶明晃晃的太阳，这一刻
我们
忘记了昨夜的黑暗

像个故事,娓娓道来

分不清,醒来和失眠的区别
安静的梦里梦外
时间是倒映着往事的一片海
起伏的浪花,像你的娓娓道来
我不敢推敲细节
像害怕,故人邂逅在街角

我们的爱情里
你始终是一个执剑拈花的高手
用剑尖挑开梅花
用眼神点燃星星
撩拨着我的长夜
翻来覆去,翻来覆去

无法入诗的……

没有马蹄声的黄昏,适合对坐
适合重新描述,关于春天的细枝末节
夕阳带走的暖意,盛进面前的碗碟
热气腾腾的目光,可以温酒,可以
让孤岛星光灿烂
没有需要藏匿的秘密,所有话题
随心,随情,随景
只是,最真实的表达往往略带絮叨
应了那句老话——
无法入诗,倒可以入梦

七月的某一天

你的声音落在云端
让天气预报里的一场雨
莫名其妙地爽了约
我的耳畔,除了海浪奔跑的欢笑
就是被你扣响的心跳

似乎每年的七月
都想在喧闹中辟一处静
安置字里行间的留白
安置梦醒时分渐渐模糊的背影
多年后,或许有人会忘记今天
忘记我发出的邀约
一杯茶代替一壶酒
用行走来相遇
用相遇来启程
用启程,来与你有一程山水之间的对视

雪

等你,同时等雪来
等蝴蝶一样的雪花
铺天盖地,把一座城留白

抽象地传说中
雪,总能开出故事
比如,流年里的风尘仆仆
月光下的自言自语
还有生命中,最重要的一次缺席

北风是雪无法绕开的凌乱
而你,是摇响我名字的另一个名字
雪落下来之前,我们将一起沉默
把乡音的韵脚
刻在,岁月的额头
等待,择一座城终老

局外人

从亏到盈,从盈到亏
月亮像个局外人,冷静地
看他,夜夜把自己灌醉

有时候不忍,也想洒下一抹清辉
外套般,披在他微颤的背影
又怕,感染了他的气息
另一个城市的夜空,会突然飘雨

老 年

一粒药在右掌心
一线月光也在右掌心
左手抚了抚胸口,她将右掌心里的
苦和空洞,一并按入嘴里
用大半杯凉开水,仰脖冲服后
像个孩子一样,泪流满面

附加值

小村里的老房子不值钱
四间祖上留下来的土屋,抵不过
他在青岛大学路,一平方米学区房
城市里生活半辈子了,他没有勇气
晚年再让黄土日日扑面

老房子,已失去安身的价值

但每年春天,他都回去看看
院子里青青的野草尖,顶着童年的温暖
漫过脚踝,漫过泪眼
让他明白,所有的生命
都有属于自己的附加值

粗布工装

晾衣架上,厚重的粗布工装
在秋风里荡来荡去
像最后一次走出她视线的
他的影子

她就那么呆呆地看

三年了,每到这个日子,她都把
心事和这件工装一起
摊在深秋里
晾一晾,再收起来,迎接冬天

字里行间

一个场景

站台,两个人道别

她拎着重重的行囊
里面塞满了记忆里零碎的习惯
他沉默着竖起衣领
把折下的一剪清梅留给白月光

转身时,她的心脏
被穿堂风吹得,晃了晃
他没来得及拔掉的蛀牙
被含在嘴里的名字,猛地咯了一下

像

把烟蒂紧紧摁熄在烟灰缸里
像，摁住一个话题的尾音

独坐了一个晚上
他摁完最后一个烟蒂
站起身来
像，摁住了一个伤口的出血点

字里行间

养伤的孩子

那个话题一起
他们的聊天便戛然而止

他是真的不想再提
而她,却忍不住时不时去触碰一下
像个心急的孩子
总想看看,养了好久的伤口
是不是真的痊愈了

麻醉药与黑暗

童年的煤油灯
青年的深矿井
中年的地下室
他在黑暗里，待得太久了
以致于，正常剂量的麻醉药
抵不过
头顶那盏无影灯，对中枢神经的
作用力

早餐摊

他们卖,被窝里的温暖
我买,果腹的温暖

我们匆匆彼此交换
让异乡的一个早晨,忙而不乱
让家乡的一轮朝阳
在碗底,忽隐忽现

一棵不开花的树

我怀疑
前世一定是这座小城里,一棵不开花的树
枯死后
把影子刻在了午夜十二点的指针处

灰白的旧墙
让我想起儿时露天电影的幕布
喜欢的童话,在皆大欢喜的相拥后
都被放映师折叠成记忆,无情地带走
留下半真半假的梦
让我杵成一棵不开花的树
等待下一场,相聚分离

初夏的风特别温柔
撩动着起伏的思绪
像极了摇曳的枝丫
不开花,不代表生命中没有春天

疾行的光阴，若隐若现地跳跃在
眼角的余光中，我追随她
月光下，重生成一棵不开花的树

棋　局

一滴泪落下
取代了一枚棋子
定局了一盘棋

她不想承认，输了
但是又挪不开
那滴泪，风干后的印痕

余温散尽

椅子上落满了灰尘
阳光,一线一线地分割着
空气里的沉默

站在原地
不敢,向前或者退后

怕,像返程的动车上
曾经的熟悉,在来不及细看的瞬间
都变成风了

其实，与杯子无关

你不说话，看着我手忙脚乱
把隔夜的那杯茶
打翻。那个杯子
盛过酒，盛过咖啡
也盛过药。很多余味
混合在一起，让我忘了

它只是一个杯子

那些花儿

她把院子里的花朵,都剪下来
插进床头的花瓶
拥挤的色彩,高高低低地
举着暗香和等待
一副有故事的模样

秋风呼吸着空荡荡的夜色
像她在灯下闪烁的白发
花瓶里那些千娇百媚
曾带她卷入一场千军万马的战争
轻轻一触,便有伤口开成花朵
微疼着,绚烂了余生

九 月

落叶像一波接一波的耳语
倾诉着这些年,对一个影子的追逐
有时候我们找不到目的
有时候我们又掩藏着目的

你窗前的晾衣架上晾过四季
也晾过潮湿的目光
却从来都不敢,把心事摊上去晾一晾
怕九月不懂,又怕九月太懂

阳光透过窗玻璃,让你鬓间的星星
在我的眼睛里闪耀
也许余生里
唯有它能装饰秋风起后
这个城市里九月的夜空

离家时

风也是行囊
负重的腰身在阳光下,像一本
打开后倒扣着的书
掩盖着白纸黑字的万千情绪
眼睁睁看影子拉直,摇晃,变短,弯曲
读一个故事般
产生无尽联想。最想掸去落入眼里的尘埃
却发现轻而易举就可以,变成一颗泪
迎风落下

唯一的缓释片

那个熟悉的女人,与她陌生地对视
警惕的眼神,如一把被攥在手中的刀
隔空,刺穿她脆弱的血管,汩汩的亲情
一点一点,沿往事滴落

女人反复念叨着,她的乳名
她在心里喊了一声,妈妈

那个女人是阿兹海默症患者
她是世上唯一一粒
医不好那个女人
却又永不会失效的缓释片

老式手表

时光瞬间定格

流失的和停驻的
都烙上布满老年斑的左手腕
那里，暖过疼过荒芜过

琐碎的目光
无数次跌落进季节交替的缝隙
走着走着，一切便回到了原地

迟到的和走失的
最终都成了床前的白月光
照着她嶙峋的左手腕
那里，有一道深深的疤痕
已经被一块老式手表，完美遮盖

睡前的功课

睡前，放下隔离喧闹的帘子
写几行，别人似懂非懂的秘密
将白天的话题，分分捡捡
某些归类成可回收或者不可回收的垃圾
某些打包，压缩成普洱或者白茶
某些系上漂亮的蝴蝶结，梦里给你
还有一些，打造成一顶面具，明天出门时
端端正正地戴上

毛地黄

一株顶着雾的毛地黄
从烂谷子里攀上春风
一节一节拔高
重复着向土地的索取

等了一夜的眼睛,坠落了满天星星
心率,像曲终后人海的嘈杂
急促成一季大雨
踮起脚,绕过那片毛地黄
回眸,想用一个名字做暗号
续,一场半世的约定

只是,有些伤口,需要足够的时间开出花朵
需要澄澈的眼神,还原生命的颜色

女人花

她独自经营一间花店,听说二十年了
叫得出各种花名,也懂得各种花语
每天,搭配不同的缤纷
出售不同的浪漫

过肩长发,白上衣,黑长裙
一年四季如此,她安静得像一株花影
大捧的玫瑰,大捧的百合,大捧的薰衣草
只留余香,在她的指间
买花的人,带着故事来来往往
却让她,越来越不懂爱情
越来越,想念二十多年前的五月
樱花大道飘落眉端的那缕暗香

她的广告语,只有一句,而且很俗:
女人如花

一粒盐收走了她的泪

拌了黄瓜
炒了辣椒
蒸好了鱼
炖熟了鸡
斟上两杯红酒
她坐在桌前,开始等

等的时候,忍不住叹息
叹息跌落在左手腕的玉镯上
碎了一地
踮着脚站起来
她准备再热一下满桌子的菜

锅灶前
一粒盐收走了她的泪

江　湖

喜欢看一个男人眼底的风霜
像看江湖的雪和雨
喜欢看一个女人眉心的淡然
像看江湖的幽和深

喜欢坐在纹理粗糙的木地板上
赤脚盘腿，与一个很近的影子
耳鬓厮磨，在废话连篇的间隙

去想象，遥远的江湖

赶路人

四十二圈年轮裹住一颗平常心
在奔腾的血液里,还原
生命最初的喜怒哀乐
摆脱想象力的种种局限后
两个城市之间,已经没有了距离
归心似箭的匆忙
终于,被抬头望月的沉默取代

开始相信有些蚀骨的爱
已被浸入烟火,在晨昏中荡漾
让十里春风间有往事在缓缓歌唱
有星星在眼睛里闪光
有凌乱的发丝缠绕着梦境
有沉甸甸的雨滴,落成新生的绿意

能拉长岁月的,仿佛
只有思念和怀想
渐渐后退的滚滚红尘中
到处都是赶路人

另一种语言

想起那年,异乡
与一个陌生女人举杯
听不懂她的方言,只看到
她左耳畔,有颗浅浅的红痣
跟抽屉底初中毕业照上的同桌,三分相似
像一个,小小的标点
当时,我们的杯子里,都是五十八度的烈酒
一口下去,便代替了
所有的语言

瞬　间

此刻，不想说话
多一个字，都可能词不达意
眼尾的灯火拉近对坐的影子
伸手就能触及的温暖
像半夜，从梦境落在笔端的短句子
都与你相关，却又隔着一段沉默

腕上那块老旧的手表
旋转的指针，多年如初
不疾不徐地陪伴着我们
和虚度的时光
这些年，让我心动的
一直都是，与你对坐的每一个瞬间

温暖的圈套

她像游在他梦里的一尾鱼
每一片鳞,都能打翻如水的夜
哗啦哗啦的声响,在他的血管里流淌
让安静的空气,飘起熟悉的音符

喜欢给她一片干净的水,看她
自由自在地游弋
留下的波纹,如一首
只有他才能读懂的诗
隔着黑暗
水涡里,生出温暖的圈套

行李箱

夜晚是她的行李箱
新的，旧的，有用的，没用的
昨天刚被塞满
今天就拽出一件来。反反复复

她拖着它，在月光下原地踏步
影子，像雪压枝头的梅

怀 念

对着照片,突然就怀念起
十八岁那年的一场雨
擎一把伞却淋湿了,两个人
对着镜子,突然就怀念起
二十六岁那年的一场雪
没有拥抱的对视里,白了头
对着天花板,突然就怀念起
早餐喝过的那碗杂粥
每一勺都盛着昨天的,来日方长

触景生情

刚才,一定有人在这里坐过
或两个人面对面细语
或一个人静静发呆
在我来之前
或许有一个故事正开始
或许有一个故事已结局
桌上空杯里,盛着一些没说出的话
被离开的人带走了
掩门时留下了一屋影子

足够我,触景生情

六一晨语

凌晨三点的手机屏幕

显示已是六一

收拾起散落如月光的残梦

想起七岁的洋娃娃

想起十岁的万花筒

甚至想起，十八岁的玫瑰与百合

六一像一架花秋千

荡起，被柴米油盐

浸泡了三百六十五天的迷走神经

夏夜柔风撩起灰白裙袂

抬头望一眼云端

那里有触及不到的天真

给我，傻傻一笑的理由

胆小的孩子

父亲的咳嗽声,深夜会更厉害些
节奏沉闷急促
像顽劣童年里,操场上弹跳的玻璃珠
每一下,都撞击着他的心壁

他害怕
戛然而止
也害怕
黑夜比白天长

特别是
父亲确诊后的大半个月
他感觉,自己其实是个非常胆小的孩子

往后余生

你的脚步,轻如晚风
荡着我们曾经的对话
一滴憋了很久的泪,被溅出梦境
亦真亦假
像一个谜面,带了模棱两可的答案

秋夜微凉,开始孕育
一剪清梅
我和你虚度的光阴
比一夜长,比一生短
如同,你陪我
在末班车上,相看不厌地坐到终点站

异地恋的一个场景

离一个城市越远
离另一个城市便越近
窗外,响着冬雨的脚步
两个人对坐
分食一碗,湿漉漉的回忆
新买的羊毛围巾,如春天的鹅黄
在椅背上与冬夜,对视

邻桌,有醉酒的哭泣声传来
他和她都没敢回头
怕看到,当年的自己

乡　思

生锈的门环上
悬着，冷却的等待
触手可及的
除了影子，只剩一个风干的名字

老眼昏花，已看不清远空的星座
以及星座上玄之又玄的卦语
碎落一地的月光中
都是，再也捡拾不起来的独白

常常倚立在门框
忽略了轮回的四季
陌生的城市
一句方言，就能穿透鼓膜

与诗有关

海一夜未眠,隔着窗户,哗啦哗啦地
跟我聊着,新事和心事
竖着耳朵的月光,影子轻晃
像昨晚,围绕同一个话题
我们手中摇啊摇的红酒杯

月色饱满,酒色清亮
这样的春夜,浮躁一层层沉淀
成沙,无生无灭
柔风,让海的叙说,心平气和
停顿的片刻,我想起
一首诗的分行

怀 旧

开始怀旧
旧物品旧眼神旧话语
衣橱多年不穿的那件旧衣
清亮的色彩如故
只是,已装不下琐碎累积的中年
几次从衣架上撤下
却又在三十秒内,重新挂了回去

重复的动作让我想起
当年,与你的怀抱
无数次紧拥后的一个转身

十 月

黑胶唱片咿呀地唱起旧时光
她梳了麻花辫
端坐在一曲余音后的宁静里
入梦般,参与了一场谢幕

拥抱过的最终都放了手
月光像长夜投下的一枚暗器
在她的眉心烙下一点痣
淡淡的矜持,潜伏在穷尽一生的追忆里

不再纠结,当初
自己是主角还是配角
只怀念着那年十月,无路可退时
有人陪她,演了一出没有结局的戏

距 离

星辰，隐失于黎明前
眼睛的一场细雨

两个城市的距离，足够一个梦
从开始到结束
足够一剪孤梅，铺天盖地凋零在
一树桃花的喧闹里

耳畔依然有海
虚构的细节，温习着褪色的波浪
沉默的沙砾，覆盖了纠缠不休的旧话题
一艘船，划开镜子里的天空
云朵，碎成昨夜梦境中
一双对坐的影子

钓

第一次钓鱼,第一次与海
如此亲密地合作
害怕鱼钩空等
也害怕钓上来的鱼,会疼
擎着鱼竿,心颤巍巍地
像成全自己的前生今世

光

五四广场,看灯光的人很多,看星光的
却很少。灯光缤纷了
夜的热闹。然后,一层一层
落下,像五月的樱花雨
带着暖,带着匆忙

踩着别人的身影,也被别人踩着身影
一起向前走和擦肩而过的,都是
这个夜晚的旧时光
抬头才能看到
星光,在城市里,寂寥地眨着眼睛
说不出,有多薄凉

字里行间

看电影

在黑暗中看电影,让眼睛穿越
爆米花和可乐,拥抱和沉默的座椅
让情节面对面
放大,让真实更真,让谎言更美
让虚构的角色,有呼吸
让每一句台词,有回音
让长长的一生,在灯亮之前,熄灭
在熄灭之前,点燃记忆

冬 雾

一场冬雾,挂在老屋的檐下
让整个村庄
像隐掉细节的往事,只剩回忆的轮廓
透过窗玻璃,他想起昨夜
火车上的那个梦

在梦里,他看到故乡
洒满金色的阳光
而冬雾,是他醒后
沉默着的一双泪眼

八 月

苔藓映着碎月光
想起你眼底的那片海
曾经,鸥鸟一般盘旋在波间
相见恨晚的主题里
每一个篇章,都涂抹着黑夜的苍白

八月有多长,一个故事就有多长
立秋之前应该还有一场雨
唤醒浪花里闪烁的星光
我们虽然越来越老了
但依然有敏感的泪腺
在过度思念时
扬起脸,假装看一看
七夕的银河

老 人

把电视的音量,开成没有主题的对话
把静坐的身影,投成摇曳着孤独的老树
把一碗稀粥,熬成寡味的发呆
把一本影集,翻成逆流的光阴
常常,一整天
她的喉咙都紧锁着
除了咳嗽,吃饭,打呼噜和一两声傻笑

但她也有期盼,每月的二十二号
一个略显腼腆的男孩
总会准时提一大袋保健品
打破房间里积淀的沉默

递钱给他的时候,她像
又摸了摸,影集里
儿子乖巧的笑脸

凌　晨

窗帘裹着月光,退回到
钟表的指针里
近视镜和磨毛角的枕边书
合拢了半个故事
失效的安眠药,在体内沉淀成
略带副作用的回忆

打了个喷嚏,她
想起叛逆期的青春痘
想起,昨夜的倒春寒

站台上的杂念

往南行的清晨,风往北吹
围巾像昨夜杯底的一抹酒红
带着三分暖,七分沉默
绕过颈间
掩一些,岁月的表情

列车正奔驰而来
铁轨边,堆积的碎石缝隙间
落满了,无数分离时
遗留的誓言
随风扬起,迷了眼后,悄然落下

右膝盖,天气预报般隐隐作痛
我开始在游走中
想念,那年春天

一样的春天

小年夜,大雪
坐在路边一家水饺馆
我寂寞地,等待春天

不到二十平方米,六张长条桌,
白墙,没有任何装修
店员兼老板,一个六十左右的女人
短发斑白,手指干裂
羸弱的身子,驮着生活给予的千言万语
端来饺子时,她顺手帮我擦了擦
肩上雪化后的水渍
动作轻柔,如同久别的亲人

我想起,家乡老屋墙角的那剪蜡梅
是的,无论在哪里
春天都一样暖

纸上秋

写在纸上的光阴,翻过去
还可以再翻回来
你从我的伤口,走出来
在纸上的光阴留下一个名字
又返了回去

像我眼里,一片叶子
在秋的暮色里归根
从春的晨曦里,重抽新绿

垂钓者

十月的午后,风比情话
温柔。云朵在海面,自由地
舒卷。礁石上
他站成一尊安静的
剪影

浪花下有生命
沿着执念,疼痛地
浮动。鱼漂轻轻颤了颤
一缕挣扎,瞬间传至掌心

像回到二十年前,小镇的车站
他的手,下意识地
握紧。然后慢慢松开了

渡

没有渡我过江的乌篷船
江心的明月晃着眼睛
给了我生泪的理由
离开太久了,想回又回不去的对岸
生长着想象的白桦林

远方往往并不遥远
一江之隔或者一步之遥
曾经渴望的一个拥抱
在某个瞬间,突然就止了步

江水流淌着亮晶晶的星星
我的影子,投在尘世的颠簸里
七月的夜风不应该凉
我却下意识地,裹紧了衣裳

字里行间

嵌进腿骨里的记忆

坐在椅子上,他的手狠狠地
抓着颠沛流离的时光
用尽全力,能攥住的
只有厚厚的棉布裤腿

早已感觉不到疼了
却依然泪流两行
他把一场记忆,嵌进了腿骨里

迎春花开时
他带了玫瑰去看一个人
手中的拐杖和面前返青的草地
便都温暖起来

半　生

你从乡愁中走来
告诉我，童年的芦苇荡
为中年再相逢，埋下过的伏笔
常常，你向南我往北
路过繁华寂寥，日月星辰
把一句话，藏进一箪食一瓢饮一豆羹

一年，年年
在岁尾结绳记事
冬夜里拥抱着一枚发芽的种子
看回忆在月光下，走来走去
时不时停下，凑近，勾着我们的脖子
说几句悄悄话

我不擅长等待，却在今夜
与你相约，半生

字里行间

雪无痕

大雪过后,凌晨五点
明晃晃的街道屏住了呼吸
他的脚步声,咯吱咯吱
像一声声轻咳

十字路口,一剪清梅
勾住,踽踽而行的身影
抬头,一场二十二年前的大雪
铺天盖地洒下来
落进,他鬓间

可以掩埋一切。雪无痕

俗

厨房的水龙头,长流着四季冷暖
砂锅里,羊排和鱼,沸腾出鲜醇的记忆
油盐酱醋给虚拟的烟火,千般滋味
碗碟,筷尖,唇齿以及目光
都是冬夜里,不同方式的拥抱

无法原路返回的中年,让我们
越来越像亲人,越来越像对方的影子
裹着你的棉衣
我的背,负重般微驼
胸腔和四肢却慢慢变得温热

吃剩的鱼,半个身子依然肥美
鱼头被你夹走时
我想起一个故事,关于爱情的
很俗,很老套

影子的影子

那个影子
在拥挤的时光里，穿过
秋风的缝隙
把霜一样的记忆，覆盖到
中年稀疏的发间

我见证着，用肤浅，用惊觉
用深刻。用亲昵，用叛逆，用不舍
那个影子来来去去
穿越河流，攀越山峦，驮着雷鸣和闪电
我却始终，等在原地
看一贴骨痛膏慢慢失去功效
影子，便风干成真正的影子

在那个影子的影子里
我一直是个孩子，不哭
却总也忍不住泪眼

一些比喻

腊月的田野里
除了追逐雪花的北风
还有封冻泥土下,掩埋的
凌乱脚印,羞涩乳名和天真小秘密
枯萎的野草,不曾停止生长
用一些疼痛,根系般蔓延着去拥抱春天

这世上的冷,都与暖相关
像南方的城里,总有一场雪
覆盖了某个夜的某场梦
像中年的笔尖,总有星星点点遗漏的墨滴
让大段的虚构,还原细节
像墙角的一剪梅,用等待凝成暗香
凝成路人眼里的一抹灿烂
或者哀伤

尾 声

那时候
我应该头发就白了,眼睛也花了
额角的伤痕,也隐进深深的皱纹了
像终于躲开风的海浪
将拥挤的心事慢慢抚平
最后安静成
海面上,空荡荡的呼吸

暮色合拢
一个故事的尾声
将要与一个长梦,融为一体
此刻,你若刚好披着星光路过
请望一眼,挂在树梢的上弦月
那里悬着千里之外
一声久远的叹息

可以被证明的默契

二十二点,准时上床
关灯,开始听
夜长篇大论的叙述
窗外的风,像个胆大的窃听者
脚步踉跄,一遍遍地绕着圈子

我开始走神,游离于半梦半醒
游离于冷暖,游离于虚实
天亮了,夜和风悻悻而去
只有枕上的落发
可以证明,我与一个故事,有着深深的默契

冬 夜

那时，我与北山的梅花
只隔着，一个男人的影子
清雪飘落在花蕊和我的睫毛上
慢慢融化，慢慢凝成故事
寂寥的长廊里，唢呐、板鼓和京胡
耳语般，将冬夜变成舞台

那个影子的指尖，微凉
轻触，虬曲的梅枝和我低垂的肩膀
那一刻，我和梅
一样。迎着风雪
绽放出一个暗香浮动的季节

同 行

夕阳和叶落
拐杖和拐杖
他和她
互为背景，互为留白

二十岁，天各一方
七十岁，再续前缘
此刻，他们搀扶着
沿新旧话题，慢慢前行
像七岁时，贴身口袋里
两枚温热的，欢快撞击的硬币

涂口红的女人

那么多口红,堆在她面前
像凌乱的寂寞
她一层一层地
工笔画般,涂抹着心情
番茄红,浆果紫,蔷薇粉,陶土棕
珠光,哑光,丝绒,晶亮

季节在她的唇上
一轮一轮地绽放,一轮一轮地凋零
对着镜子,她常常想起
梦中的那个人

在梦里,她从不涂口红

一道伤

那时,他只有三岁
被孤独地安置地头,看父亲躬身扶镰
在麦浪的呼吸里,用汗水
反射着,令人窒息的骄阳

直到现在,路过金色的麦田
当年的那束光,依然
如麦芒,让他的眼睛
潮涌出无限疼痛

父亲的身影,早已成为黄斑区的
一道伤

混为一谈

窗外的细雨
和二十年前的老歌,混为一谈
像半碗面条
和昨晚的两勺鸡汤

凌晨五点,一个短梦
自作主张,把很多忘记的人和事
都拉进二十年前的一首老歌
与窗外的小雨
滴滴答答地,滴滴答答地
混为一谈

老城的秋天

喜欢一座老城秋天的样子
像喜欢，中年的你

不言不语地，将夕阳下
落叶的余温和悲凉
一小片一小片地投进记忆
海边一个独钓的背影
街角一声懒散的乡音
都可以，让刹那和细节纠缠
如秋风，荡上捕捉季节私语的耳畔

老城用过于认真的表情，放大秋
我用过于认真的口吻，期待冬
过几日会有
一剪清梅，让老去的光阴
淡然成诗

失 眠

晚安之后的失眠,像识途的老马
却无法回家
翻山越岭,总也闯不过
埋伏在窗棂上的一缕白月光

腾出半张床,安置半个梦
让马背上驮着的孤影
利箭般划破长夜,留一道伤口
埋几行短诗,假装呓语
假装,有蹁跹的蝴蝶
装饰一个擦肩的刹那

落

兰花指疲惫
湿漉漉的台词,在午夜戛然而止
油彩,被镜子一寸一寸卸去
衣襟艳丽的刺绣
像前年冬天
晃在霞光里的一双眼,卷着体温
挂回衣橱深处

遗失了情节的七月,开始沉默
再没有清梅开

独角戏,落幕

记　账

从脚手架上摔下来时
他还清醒
急救车上，他让护士帮忙
记下余生的亏欠
同学大张一万二，邻居老刘五千
表姐三万，二叔两万八
还有工友小赵昨天帮捎了饭
具体多少还没问，记上二十吧
他说，若自己走了
让老家的妻子，用赔偿金还了债
找个好人，再嫁了吧

记完这些，他想了想说
其实，还欠着一笔账
那年给儿子凑手术费，曾把一元纸币
撕成两半，在这个陌生的城市
多坐了一次公交车

一 刻

写遗嘱时
笔尖一颤,她的名字和一滴泪
同时落下

他从来不喊她的名字
那一刻,却横平竖直地描了又描
像童年时,在白桦树上
刻下心跳
像刻下,自己墓碑上
属于她的,一笔一画

关于麦子

昨天读到一首关于麦子的诗
为麦子成熟时
是否低头,诗友们在群里讨论了半天
最终,话题结束在,咖啡和红茶的冷却里

夜里,他便梦见,风吹麦浪
齐刷刷地,麦穗向着太阳挺拔
只有,身材高大的父亲,头和腰身低垂
一顶破旧的草帽
像麦田里行走着的,一个褪色的,符号

蛛　网

屋檐与窗框间，一张打开的手掌
筛掉阳光，雨露和风，把口粮
紧紧攥住
寒暑，昼夜，浮沉，悲喜
都不过是补丁般
一圈一圈
补了又破，破了又补的蛛丝

那个爬上爬下，忙碌着的影子
像脚手架顶端
看不清面孔的男人

一枚钉子

原来挂合影的地方,露出来
一方边缘明显的白墙
那枚没拔出的钉子
闪着冷光,与他默然对视
想起,当初敲钉子进墙时
锤子的叮叮当当和她叮叮当当的笑声

拔掉它。他踩着椅子
用力,像拔掉插进胸口的一根刺

生了锈的钉子,躺在他掌心
如同,一截断掉了的
壁虎的尾巴

田 野

这些年，父亲慢慢从我的耳尖
矮到了下巴
每次，他仰着脖子说话
呆滞的眼神，像蒙上薄薄的砂纸
打磨掉，世间冷暖给我的沧桑和麻木

不敢问他，是否孤独
烟蒂和酒瓶
也许就是答案
儿子三岁时涂鸦的几朵小花
还在墙上歪歪扭扭地开着
旁边挂着一件老旧蓑衣

像父亲守着他的田野